Para:

De:

Dirección de arte: Trini Vergara
Diseño: María Natalia Bellini
Edición: Cristina Alemany - Soledad Alliaud
Colaboración editorial: Liliana Cánaves - Enriqueta Naón Roca

www.vreditoras.com

Argentina: Demaría 4412 (C1425 AEB) Buenos Aires
Tel./Fax: (54-11) 4778-9444 y rotativas
e-mail: editorial@vreditoras.com

México: Av. Tamaulipas 145, Colonia Hipódromo Condesa
CP 06170 - Delegación Cuauhtémoc, México D. F.
Tel./Fax: (5255) 5220-6620/6621 • 01800-543-4995
e-mail: editoras@vergarariba.com.mx

ISBN: 978-987-612-079-1

Impreso en Indonesia • Printed in Indonesia
Agosto 2011

Lerner, Diana
201 mensajes para vivir mejor. - 1a ed. 1a reimp. -
Ciudad Autónoma de Buenos Aires : V&R, 2011.
160 p. ; 17x13 cm.

ISBN 978-987-612-079-1

1. Libros de Frases. I. Título
CDD 808.883

201 MENSAJES

para

Vivir Mejor

Diana Lerner

V&R EDITORAS

Me disponía a trabajar hoy, pero un pájaro
cantó en la rama del manzano, una mariposa
hizo piruetas en el aire, y los árboles
susurraron mi nombre. La brisa voló sobre
los campos meciendo los pastizales,
y un arco iris me extendió su mano…
¿qué podía hacer yo, sino soltar
una carcajada e ir?

RICHARD LEGALLIENNE

Hoy dejadme
a mí solo
ser feliz,
con todos o sin todos,
ser feliz
con el pasto
y la arena,
ser feliz
con el aire y la tierra,
ser feliz,
contigo, con tu boca,
ser feliz.

PABLO NERUDA

Siempre que haya un hueco en tu vida,
llénalo de amor.
Ama como puedas, ama a quien puedas,
ama todo lo que puedas...
pero ama siempre.

AMADO NERVO

Si tienes el hábito de tomar las cosas con alegría, rara vez te encontrarás en circunstancias difíciles.

ROBERT BADEN-POWELL

Jamás dejes de ser un niño.
Nunca dejes de sentir, gustar, ver
y extasiarte ante cosas tan grandes como
el aire, el vuelo y los sonidos de la luz
del sol en tu interior.

RICHARD BACH

Deja que la vida modere tus convicciones
y te muestre todo lo que está oculto detrás de
cada escena: la profunda paz del cambio
de estaciones, la majestad de lo que significa
tener y ser un amigo, la alegría que se descubre
al comprender que nunca es tarde para volver
a empezar.

DOUGLAS PAGELS

Reconcéntrate para irradiar; déjate llenar para que rebases luego, conservando el manantial. Recógete en ti mismo para mejor darte a los demás todo entero e indiviso.

MIGUEL DE UNAMUNO

Hoy puede ser un gran día,
imposible de recuperar,
un ejemplar único,
no lo dejes escapar.

Que todo cuanto te rodea
lo han puesto para ti.
No lo mires desde la ventana,
y siéntate al festín.

JOAN MANUEL SERRAT

La vida no es un problema para ser resuelto,
es una aventura para ser vivida.

JOHN ELDREDGE

Un sorbo de café en la madrugada, de café solo, casi amargo, he aquí el reposo mayor, mi buen amigo…

ELISEO DIEGO

Juntar las manos para rezar, está bien.
Abrirlas para dar, es mucho mejor.

LOUIS RATISBONNE

El humor tiene el poder de dar vuelta
cualquier situación.

ALLEN KLEIN

Solamente la mano del deseo, sólo su aire
fresco y estremecido, recorriéndonos,
levantándonos a vivir.
A la hora precisa, con esa urgencia del mañana,
con ese deleite prolongado de la visión exclusiva,
sólo el deseo nos despierta a soñar.

JAIME SABINES

Ayuda a tus semejantes a levantar
su carga, pero no te consideres obligado
a llevársela.

PITÁGORAS

Ama sin pausa. Da sin mesura.

MALCOLM SCHLOSS

Creo que mi vida es una maravillosa
obra de teatro que escribí para mí,
con el propósito de tener el máximo
de diversión mientras actúo mi parte.

Shirley MacLaine

Es posible lograr algo luego de tres horas de pelea, pero es seguro que se podrá lograr lo mismo con apenas tres palabras impregnadas de afecto.

CONFUCIO

El descanso no significa estar sin hacer nada.
El descanso es reparación.

Daniel W. Josselyn

Toda la gente sonríe en el mismo idioma.

Morris Mandel

Correr detrás de la marea
buscando el norte
y detenerse
un paso más allá del horizonte,
con la esperanza intacta.

RAFAEL VELASCO S. J.

Los sueños son renovables. No importa la edad, siempre habrá posibilidades que no hemos probado en nuestro interior, esperando que las saquemos a relucir, y nuevas bellezas esperando nacer.

DALE TURNER

No esperes nada del azar, avanza cada día
con fe inquebrantable y serás dueño
de tu destino.

CARLOS A. TORRES

Si te comparas con los demás,
puedes volverte amargado o vanidoso,
porque siempre habrá personas mejores
y peores que tú.

MAX EHRMANN

Cuando conviertes el mundo en un lugar
tolerable para ti, lo conviertes
en un lugar tolerable para los demás.

Anaïs Nin

Lo que hace bello al desierto es que puede esconder un oasis en cualquier parte.

ANTOINE DE SAINT-EXUPÉRY

Una palabra amable alcanza para abrigar tres inviernos.

PROVERBIO JAPONÉS

No aceptar otro orden que el de las afinidades,
otra cronología que la del corazón,
otro horario que el de los encuentros a deshora,
los verdaderos.

JULIO CORTÁZAR

Para mí, cada hora de luz y oscuridad
es un milagro.

WALT WHITMAN

Hacer lo que es útil, decir lo que es valiente,
contemplar lo que es bello.
Es suficiente.

T. S. ELIOT

Ahora Dios llega a ti, no en el amanecer, ni en los brotes de la primavera, sino como el sol de mediodía para iluminar todas las sombras.

JOHN DONNE

Las personas que no nos dejan grandes obras,
sino apenas una serie de buenas acciones,
aun pequeñas, no habrán malgastado
sus vidas.

CHARLOTTE GRAY

El dinero puede darte medicinas,
pero no salud.
El dinero puede darte camas confortables,
pero no descanso.
El dinero puede darte comodidades,
pero no la dicha eterna.
El dinero puede darte adornos,
pero no belleza.
Logra la sabiduría; lo tendrás todo.

SWAMI SIVANANDA

Maduras cuando te ríes por primera vez...
de ti mismo.

ETHEL BARRYMORE

Contemplar una alondra no es un cielo,
pero sí un sorbo suficiente de alegría.

JOSÉ LUIS MARTÍN DESCALZO

Dedìquemos tiempo a hacer aquello
que renueva nuestra fuerza interior:
caminatas diarias, leer y encontrarnos
con amigos y seres queridos.

GWEN WEISING

Camina por una senda de arco iris;
camina por una senda de música
y todo será bello a tu regreso.

CÁNTICO DE LOS INDIOS NAVAJOS

Necesitamos a los viejos amigos para que nos ayuden a envejecer, y a los nuevos amigos para que nos ayuden a seguir siendo jóvenes.

LETTY COTTIN POGREBIN

No gastes tu energía rechazando
lo que no deseas.
Inviértela en conseguir lo que deseas.

SWAMI KURMARAJADASA

Sólo siguiendo tus instintos más profundos podrás llevar una vida rica, y si tú permites que el miedo a las consecuencias te impida hacerlo, tendrás entonces una vida segura y… estrecha.

KATHARINE BUTLER HATHAWAY

Actúa espontáneamente, como si fueras
un niño. Abandónate por completo
al momento y verás que cada día se abren
cosas, una nueva luz, nuevas percepciones.
Y esas percepciones te irán cambiando.

OSHO

Sacude el polvo de tu corazón,
no esperes a que den las doce,
cualquier tiempo pasado fue peor,
más viejos éramos entonces.

Sacude el polvo de tu corazón,
márcate un baile con la aurora,
cualquier tiempo pasado fue peor,
somos más jóvenes ahora.

Joaquín Sabina

Confía en ti mismo. Conviértete en la clase de persona con la que te gustaría vivir por el resto de tus días. Haz todo lo que puedas de ti mismo atizando esas chispas de posibilidad que hay en ti.

FOSTER C. MCCLELLAN

Si puedes caminar, puedes bailar.
Si puedes hablar, puedes cantar.

PROVERBIO AFRICANO

Sólo entendemos del todo el milagro de la vida cuando dejamos que suceda lo inesperado.

PAULO COELHO

Mi pena viene y va.
Mas la mira una estrella suave
y se pone a cantar.

Juan Ramón Jiménez

El sabio nunca dice lo que piensa,
pero siempre piensa lo que dice.

ARISTÓTELES

Ama con todo tu corazón, asómbrate,
maravíllate, agradece y canta alabanzas.
Entonces conocerás la vida en plenitud.

DAVID STEINDL-RAST

Decir palabras de gratitud es cortés y agradable; mostrar gratitud con nuestras acciones es generoso y noble, pero vivir la gratitud es celestial.

Johannes A. Gaertner

Todas las preocupaciones se esfuman
en la felicidad del trabajo.

CAMILLE PISSARRO

La vida es corta. Empieza por el postre.

JOY SOMMERS

Cuando un hombre se encuentra a sí mismo,
posee una mansión en donde morará
con dignidad todos los días de su vida.

JAMES MICHENER

Cuanto menos rutina, más vida.

AMOS ALCOTE

Mas busca en tu espejo al otro,
al otro que va contigo.

ANTONIO MACHADO

La salud es elemento vital de la felicidad.
Actividad física y salud.

JAMES THOMSON

He aquí las cosas que me harían feliz. No deseo otras. Quiero un ambiente propio donde poder trabajar. Un ambiente ni particularmente limpio ni ordenado, sino confortable, íntimo y familiar. Con una atmósfera llena de humo y el olor de viejos volúmenes y de incontables olores. Quiero trajes decentes que haya usado por algún tiempo y un par de zapatos viejos. Quiero una ducha en verano y un buen fuego con leños en invierno. Quiero un hogar donde poder ser yo mismo.

LIN YUTANG

Considera la vida como un préstamo
que hemos de devolver agradecidos.

SÉNECA

No puedo cambiar la dirección del viento,
pero sí ajustar mis velas para llegar siempre
a mi destino.

JIMMY DEAN

Ruega que el camino sea largo.
Que sean muchas las mañanas estivales
en que lleno de placer y alegría entres
a puertos vistos por primera vez.
Detente en los mercados fenicios y adquiere
hermosas mercancías, nácar y coral, ámbar
y ébano, y toda clase de perfumes voluptuosos,
todos los perfumes voluptuosos que puedas.
Visita muchas ciudades egipcias para aprender
más y más de los sabios.

KONSTANTINOS KAVAFIS

Observen al constructor de catedrales:
utilizó piedras e hizo silencio.

ANTOINE DE SAINT-EXUPÉRY

No provoques una reacción que no estés
seguro de dominar.

I CHING

El mayor placer que conozco es hacer una buena acción a escondidas y ser descubierto por casualidad.

CHARLES LAMB

El secreto reside en tratar las catástrofes como molestias y no las molestias como catástrofes.

ANDRÉ MAUROIS

¿Hay algo, pregunto yo,
más noble que una botella
de vino bien conversado
entre dos almas gemelas?

El vino es todo, es el mar,
las botas de veinte leguas,
la alfombra mágica, el sol,
el loro de siete lenguas.

Si me dieran a elegir
entre diamantes y perlas
yo elegiría un racimo
de uvas blancas y negras.

NICANOR PARRA

Pon atención a la parte inmutable de ti
mismo. Es perfecta.
En el origen de la vida y, sólo ahí, pueden
encontrarse la paz, la armonía
y la serenidad imperturbable del éxtasis.

SABIDURÍA DEL AYURVEDA

No permitas que el ruido de las opiniones
ajenas ahogue tu propia voz interior.
Ten el coraje de seguir a tu corazón
y a tu intuición. De alguna manera,
éstos saben en qué te quieres convertir
realmente. Todo lo demás es secundario.

STEVE JOBS

Despiértenme las aves
con su cantar suave no aprendido...

Vivir quiero conmigo,
gozar quiero del bien que debo al cielo,
a solas, sin testigo...

Fray Luis de León

La vida sería imposible si todo se recordase. El secreto está en saber elegir lo que debe olvidarse.

ROGER MARTIN DU GARD

Si siembras rencor, recogerás rencor.
Si siembras tolerancia, recogerás
tolerancia.
Si siembras amor, recogerás amor.
Tienes el campo preparado, listo
para sembrar…
Tuya es la elección de las semillas.

LINDA ROBERTS

No te preocupes por lo que el mundo necesita, pregúntate qué es lo que te hace vibrar. Entonces ve y hazlo. El mundo necesita gente que despierte y viva.

HAROLD WHITMAN

Sueña plumas de pavo real; minas
de diamantes y ballenas gigantes.
Pues en tus sueños encontrarás refugio.

HERMAN MELVILLE

Si quieres vivir una vida intencional,
no dependas de tus piernas para caminar,
sino de tu voluntad.

STUART AVERY GOLD

Tú vives siempre en tus actos.
Con la punta de tus dedos
pulsas el mundo, le arrancas
auroras, triunfos, colores,
alegrías: es tu música.
La vida es lo que tú tocas.

De tus ojos, sólo de ellos,
sale la luz que te guía
los pasos. Andas
por lo que ves. Nada más.

PEDRO SALINAS

Inhalando, tranquilizo mi cuerpo.
Exhalando, sonrío. Vivo el presente
sabiendo que es un momento bello.

Thich Nhat Hanh

Aprende a ser lo que eres, y aprende a dejar
de lado con dignidad todo lo que no eres.

Henri-Frédéric Amiel

Uno es el hombre que anda por la tierra
y descubre la luz y dice: es buena;
la realiza en los ojos y la entrega
a la rama del árbol, al río, a la ciudad,
al sueño, a la esperanza y a la espera.

JAIME SABINES

Más que simplemente existir, vive.
Más que simplemente tocar, siente.
Más que simplemente mirar, observa.
Más que simplemente leer, absorbe.
Más que simplemente escuchar, oye.
Más que simplemente presenciar, entiende.
Más que simplemente pensar, reflexiona.
Más que simplemente hablar, por favor,
¡di algo!

JOHN MAXWELL

En ocasiones, nuestra mayor fortaleza
reside en admitir nuestras debilidades.

JOAN WALSH ANGLUND

No malgastes lágrimas nuevas
en angustias viejas.

EURÍPIDES

Si en la lucha el destino te derriba;
si todo en tu camino es cuesta arriba;
si tu sonrisa es ansia insatisfecha;
si hay siembra excesiva y pésima cosecha;
si a tu caudal se le oponen diques:
date una tregua, pero no claudiques.

RUDYARD KIPLING

La dignidad reside en usar los recursos humanos que nos son inherentes, en hacer las cosas con nuestras propias manos, aquí y ahora, de manera bella y adecuada. Hasta en las peores circunstancias de la vida, eso es algo que podemos hacer: dar elegancia a nuestras vidas.

CHÖGYAM TRUNGPA

El hombre es sólo lo que hace.
Lo que siente y lo que piensa
sólo valen si es que crecen
transformándose en acción.

THIAGO DE MELLO

Pocos caminamos alguna vez por el campo, sin hablar ni cantar, simplemente andando mientras observamos lo que ocurre a nuestro alrededor y dentro de nosotros mismos.

KRISHNAMURTI

No esperes que tu barco llegue:
nada hacia él.

SAMUEL JOHNSON

Disfruta de tus logros tanto como
de tus planes.

MAX EHRMANN

No te vayas nunca a dormir
sin haber hecho antes las paces.

LOUISA MAY ALCOTT

Un abrazo es como un boomerang.
Lo recibes de vuelta en el instante.

BILL KEANE

Tal vez te da pudor cambiar, o temes
las consecuencias de mostrar que las cosas
te llegan realmente.
Pero ¿por qué no intentarlo, de todas
maneras? Comienza hoy. Haz una buena
obra, cualquiera, sin esperar recompensa
ni censura, seguro en la certeza
de que un día, alguien, en algún lado,
tal vez haga lo mismo por ti.

DIANA SPENCER

La felicidad está en todas partes:
en el manto verde que recubre la tierra,
en la azul serenidad del cielo, en el follaje
exuberante de la primavera, en el gris austero
del invierno, en la carne vibrante del cuerpo
humano, en la vida, en el ejercicio de todos
nuestros poderes, en la adquisición
de la sabiduría, en la lucha contra el mal.

RABINDRANATH TAGORE

Pinta. Allí reside la salvación.

PAUL CÉZANNE

Prestar atención a nuestros sentimientos
no es egoísmo, es la manera en que
se aprende a amar.

JOHN ELDREDGE

El hombre tiene ilusiones, como el pájaro tiene alas. Eso es lo que lo sostiene.

Blaise Pascal

Sonreír no es mostrar los dientes sino el alma.

Mahatma Gandhi

La esencia de la sabiduría es estar
en armonía con la naturaleza,
con el ritmo natural del universo.
Siempre que entras en armonía
con este ritmo eres un poeta, un pintor,
un músico, un bailarín.

OSHO

¿Qué hace falta para ser feliz?
Un poco de cielo azul sobre nuestras cabezas, una suave brisa, un espíritu en paz.

André Maurois

Cuando mi espíritu se agita,
vago solitario
en medio de la belleza
que es todo para mí.

WANG WEI

Aprende del árbol y deja caer las hojas secas del pasado para que abonen el suelo, donde tus raíces preparan el futuro.

René Trossero

Cree que lo tienes y lo tendrás.

Erasmo de Rotterdam

El perdón es primordialmente para nuestro propio beneficio, para no llevar la carga del resentimiento.

FILOSOFÍA BUDISTA

Aprende a permanecer sereno en medio de la agitación y a vibrar de vitalidad en el reposo.

INDIRA GANDHI

No quieras apoderarte de las estrellas.
Las mejores cosas están cerca: el aire
que respiras, la luz en tus ojos, las flores
a tus pies, las tareas en tus manos y la huella
de Dios frente a ti.

ROBERT LOUIS STEVENSON

Espíritu sin nombre
indefinible esencia,
yo vivo con la vida
sin formas de la idea.

Gustavo Adolfo Bécquer

Aquel que es alegre vive un banquete perpetuo.

PROVERBIOS 15,15

Lo que nos da felicidad no es cuánto tenemos, sino cómo lo disfrutamos.

CHARLES HADDON SPURGEON

Y no olvides que la tierra se deleita al sentir tus pies descalzos y que los vientos anhelan jugar con tus cabellos.

KHALIL GIBRAN

Vivo la vida que me agrada a mí.

OLIVIA DE HAVILLAND

La verdadera dicha es la diversión.
La diversión es cualquier cosa que hagamos
por el sólo placer de hacerlo, porque
amamos hacerlo, más allá de la ganancia,
de la obligación o el sentido del deber.
La diversión es un tema de la infancia,
y hacerla continuar en los años siguientes
es prolongar la juventud.

WALTER RAUSCHENBUSCH

Ver un mundo en un grano de arena
y un cielo en una flor silvestre,
tener el infinito en la palma de la mano
y la eternidad en una hora.

WILLIAM BLAKE

Todos llevan una buena noticia
para el mundo en su interior.
Todos tienen un gran rol para cumplir
en esta tierra.

Ugo Betti

La felicidad se irradia como la fragancia
de una flor y atrae todo lo bueno hacia ti.
Permite que tu amor te alimente,
tanto a ti como a los que te rodean.

MAHARISHI MAHESH YOGI

El que tiene fe en sí mismo no necesita que los demás crean en él.

MIGUEL DE UNAMUNO

Los años arrugan la piel, pero renunciar al entusiasmo arruga el alma.

ALBERT SCHWEITZER

Cuanto más aplaudas y celebres tu vida,
más habrá que celebrar en ella.

OPRAH WINFREY

Llora si así lo deseas, pero no dejes
de trabajar, porque el trabajo te hace cantar.

GEORGE MACDONALD

Este es el secreto de la felicidad:
deja que tus intereses sean muchos
y variados, e intenta que tus reacciones
a las cosas y a las personas que te interesan
sean lo menos hostiles y más amigables
que puedas.

BERTRAND RUSSELL

Navegando por la noche,
vine al festín de la vida, y encontré
el copón de oro de la mañana lleno
de luz para mí.

RABINDRANATH TAGORE

El pájaro llega entregando
con su poder de canción
la certeza de un futuro
que está comenzando ahora
en la aurora de tu frente,
en la palma de tu mano.

THIAGO DE MELLO

Toma la decisión y renuncia a la necesidad de controlar, a la búsqueda de la aprobación, a la necesidad de juzgar.

DEEPAK CHOPRA

En el arte de vivir, el hombre es al mismo tiempo el artista y el objeto de su arte, es el escultor y el mármol, el médico y el paciente.

ERICH FROMM

Cuando somos sensibles, cuando nuestros poros no están cubiertos de las implacables capas, la cercanía con la presencia humana nos sacude, nos alienta, comprendemos que es el otro el que siempre nos salva.

ERNESTO SABATO

Crea tu propia definición de éxito.
Si estás haciendo aquello que amas, enorgullécete. Si no lo estás haciendo, pregúntate por qué.

Kim Goad

Y dale alegría, alegría a mi corazón,
es lo único que te pido, al menos hoy.
Y dale alegría, alegría a mi corazón,
afuera se irán la pena y el dolor.
Y ya verás, cómo se transforma el aire del lugar.
Y ya verás, que no necesitaremos nada más.

Fito Páez

La vida es como un viaje por mar:
hay días en calma y días de borrasca.
Lo importante es ser un buen capitán
de nuestro barco.

Jacinto Benavente

En tu mochila, astronauta,
pon un violín, una rosa
y entre el radar y la antena,
dos alas de mariposa.

Adela Vettier

Cuando nos encontramos con el prójimo,
hagámoslo con una sonrisa…
porque una sonrisa es el comienzo
del amor.

MADRE TERESA DE CALCUTA

Un logro es la consecuencia y la expresión
de la salud y la autoestima, no su causa.

NATHANIEL BRANDEN

No existen días largos para aquel
que está ocupado.

SÉNECA

Con la libertad, las flores, los libros
y la luna, ¿quién no sería perfectamente feliz?

OSCAR WILDE

Los seres humanos no fueron hechos
tan sólo para ir en busca de la sabiduría,
sino también para arar la tierra,
sembrar el trigo, esperar la lluvia, cosechar
los granos y hacer el pan.

PAULO COELHO

Desechad tristezas y melancolías.
La vida es amable, tiene pocos días
y tan sólo ahora la hemos de gozar.

Federico García Lorca

Todo cobra sentido cuando el hombre
hace de su vida un trayecto hacia sí mismo,
el ensayo de un camino, el boceto
de un sendero.

HERMANN HESSE

Con tal de que la vida no me canse,
quiero que la vida fluya en mí,
con tal que yo no cambie.

Fernando Pessoa

Los hombres olvidan siempre que la felicidad humana es una disposición de la mente y no una condición de las circunstancias.

JOHN LOCKE

Nuestro organismo tiene reservas de energía que no utilizamos. Debajo de la superficie, hay capas y capas de material explosivo listas para ser utilizadas por quien se adentre en lo profundo.

WILLIAM JAMES

La brisa de la mañana guarda secretos para ti.
No te vayas a dormir.
Debes pedir lo que realmente quieres.
No te vayas a dormir.
La gente va y viene a través del umbral
donde los dos mundos se tocan.
No te vayas a dormir.

RUMI

Grandes son quienes antes fueron grandes soñadores. Seres que adivinan, en la suave bruma de un día de primavera o en el rojo fuego de un atardecer de invierno, la realidad de sus sueños.

WOODROW WILSON

¡Con mi canto!
¡Con el vuelo entreabierto
de la estrella,
y con el regocijo
de la espuma!

Voy a cumplir con todos
porque debo
a todos mi alegría.

PABLO NERUDA

Conduzco mi barca con esperanza en el corazón, y dejo mis temores en la popa.

THOMAS JEFFERSON

Para el corazón no hay ejercicio mejor que inclinarse y alzar a la gente caída.

JOHN ANDREW HOLMES

Si tiene remedio, ¿por qué te quejas?
Y si no lo tiene, ¿por qué te quejas?

PROVERBIO ORIENTAL

Si sigues todas las reglas, te perderás
la mitad de la diversión.

KATHARINE HEPBURN

Ponte la chaqueta, ponte el sombrero,
deja las preocupaciones en la puerta
de tu casa y camina por la senda del sol.

DOROTHY FIELDS

Toda persona que se tome a sí misma
con seriedad, debe aceptar
la responsabilidad de conocer, cuidar
y amar a su cuerpo.

MARION WOODMAN

Cuando te proteges a ti mismo, proteges a los demás. Cuando proteges a los demás, te proteges a ti mismo.
La mayor protección es un corazón amoroso.

FILOSOFÍA BUDISTA

Oh, bendito el asombro que bulle
en mi interior.

D. H. Lawrence

Si tienes jardín, biblioteca, amigos, posees
cuanto necesitas.

Marco Tulio Cicerón

Haz que cada día sea útil y agradable.
Dedica horas al trabajo y a la diversión.
Demuestra que comprendes el valor
del tiempo haciendo buen uso de él.
Entonces la juventud será deliciosa,
en la vejez tendrás poco que lamentar
y la vida será un hermoso éxito.

LOUISA MAY ALCOTT

Me aparto de la gente que piensa
que la insolencia es valentía y la ternura,
cobardía. Y me aparto también de quienes
creen que el parloteo es sabiduría
y el silencio, ignorancia.

KHALIL GIBRAN

Una buena carcajada es un rayo de sol en nuestra casa.

WILLIAM M. THACKERAY

Cuando empecé a mirar, encontré más y más.

VALERIE STEELE

Con las alas del alma desplegadas al viento,
porque aprecio la vida en su justa medida
al amor lo reinvento, y al vivir cada instante
y al gozar cada intento, sé que alcanzo lo grande,
con las alas del alma desplegadas al viento.

Con las alas del alma desplegadas al viento,
atesoro lo humano cuando tiendo las manos
a favor del encuentro por la cosa más pura,
con la cual me alimento por mi pan de ternura,
con las alas del alma desplegadas al viento.

Eladia Blázquez

Anda, pues, ríete un poco
y haz lo mejor que puedas.

WILL ROGERS

Hay siempre música en los jardines,
pero nuestros corazones tienen que
estar serenos para poder escucharla.

MINNIE AUMONIER

Es sabio quien no se lamenta por lo que
le falta, pero se regocija en lo que tiene.

EPÍCTETO

El perdón es la llave a la libertad
y a la acción.

HANNAH ARENDT

No desdeñéis la palabra;
el mundo es ruidoso y mudo,
poetas, sólo Dios habla.

Antonio Machado

Actúa sólo de conformidad
con aquella máxima que quisieras
ver convertida en ley universal.

Emmanuel Kant

Precisamente en el día de hoy,
no te enfades.
Precisamente en el día de hoy,
no te preocupes.
Precisamente en el día de hoy,
sé amable con los demás.
Precisamente en el día de hoy,
gánate el pan con dignidad.
Precisamente en el día de hoy,
sé agradecido con la vida.

PRINCIPIOS DE REIKI-DO

Todo lo que nos obligue a andar más despacio
y que pruebe nuestra paciencia, todo
lo que nos haga entrar en los lentos círculos
de la naturaleza, es una bendición:
la jardinería es un instrumento de gracia.

MAY SARTON

A menudo subestimamos el poder
de una caricia, una palabra amable,
un oído atento, un halago sincero,
o una ínfima demostración de cariño,
y todo esto tiene el potencial
de dar vuelta las cosas.

LEO BUSCAGLIA

Lo mejor es dar las gracias por todo.
El que aprendió esto sabe
qué significa vivir. Ha penetrado
el misterio de la vida. El misterio
de la vida es ser agradecido por todo.

ALBERT SCHWEITZER

¡Ahora mismo se está escapando
un momento! Debemos convertirnos en él,
ser ese instante.

PAUL CÉZANNE

El sabio saborea el Tigris en cada trago.

KHAN GHALIB

La risa es la distancia más corta
entre dos personas.

VICTOR BORGE

Convertirme en el centro de mi propio ser,
no en forma egoísta, ni excluyente,
sino con una serenidad inconmovible.

EDITH WHARTON

Uno es feliz como resultado del esfuerzo
para descubrir los ingredientes necesarios:
gustos sencillos, un cierto grado de coraje,
desprendimiento hasta un punto, amor
al trabajo y, sobre todo, una conciencia limpia.

GEORGE SAND

Me quedo sentada durante horas,
sin hacer nada, sólo mirando las flores
y los pájaros.
Mis pensamientos vienen y van.

RUTH PRAWER JHABVALA

No hagas nada por obligación
ni por compromiso, sino por amor.
Entonces habrá plenitud, y en esa plenitud
todo es posible y sin esfuerzo,
porque te mueve la fuerza natural
de la vida.

Facundo Cabral

Feliz estoy por estar viva.
Feliz por el cielo, tan azul.
Gracias doy por las praderas,
el suave rocío y el abedul.

LIZETTE WOODWORTH REESE

Come tres comidas cada día, di tus plegarias, sé cortés y haz ejercicio. No te apresures, camina sereno. Tal vez, necesites alguna otra cosa para ser feliz, pero amigo, creo que esto será suficiente para un buen ánimo.

ABRAHAM LINCOLN

Prefiero caminar con quien camina
ufano de su paso a cada paso
que lleva buen humor y en la mochila,
acaso un amuleto, por si acaso.

Prefiero caminar con la sonrisa
espontáneo fulgor de la esperanza
que vuela por sí sola y no precisa
de reparos, censuras ni de fianzas.

ALBERTO CORTEZ

Lo contrario del amor es el miedo.
Con el amor te expandes, con el miedo
te encoges.
Con el miedo te cierras, con el amor te abres.
Con el miedo dudas, con el amor confías.

OSHO

El secreto del éxito está en la constancia del propósito.

BENJAMIN DISRAELI

Perdonar sinceramente y sin reservas; ésta es la prueba más dura a la que puede ser sometido el amor.

LOUIS BOURDALONE

Yo apunto siempre al corazón.
Es legal y es seguro.

EUGÈNE SUE

Tenemos que permitir que,
de vez en cuando, Dios nos cargue
en su regazo.

PAULO COELHO

Regálate un momento de quietud;
comprobarás qué insensato has sido
corriendo de un lado a otro.
Aprende a ser silencioso; comprobarás
que has estado parloteando demasiado.
Sé amistoso; comprobarás que tu opinión
de los demás ha sido demasiado dura.

CHENG CHUJI

El cielo es un lugar donde el aire es hielo
y lo respiras y lo vives, donde deseas poder
flotar, soñar, correr y jugar todos los días
de tu vida.
El cielo está allí para todos; sin embargo,
sólo algunos lo buscan.

RICHARD BACH

Recibir es prescindir de que nos agradezcan.
Quiere decir renunciar a tener el control.
Quiere decir aceptar que otros tienen dones
para dar.
Recibir quiere decir saber agradecer.

LORI GIOVANNONI

Piensa positivamente y con decisión,
con confianza y fe, y así la vida se hace
más segura, más activa, rica en logros
y en experiencias.

SWAMI VIVEKANANDA

Llamar al pan el pan y que aparezca
sobre el mantel el pan de cada día;
darle al sudor lo suyo y darle al sueño
y al breve paraíso y al infierno
y al cuerpo y al minuto lo que piden;
reír como el mar ríe, el viento ríe,
sin que la risa suene a vidrios rotos;
beber y en la embriaguez asir la vida,
bailar el baile sin perder el paso...

Octavio Paz

Auténtico es aquello que no requiere justificación, lo que está bien por sí mismo y tal como es. Por ello, la autenticidad no es un sentimiento fugaz y engañoso. Es el momento en que reconocemos nuestra identidad.

FRANCESCO ALBERONI

¿En qué reino, en qué siglo, bajo qué silenciosa
conjunción de los astros, en qué secreto día
que el mármol no ha salvado, surgió la valerosa
y singular idea de inventar la alegría?
Con otoños de oro la inventaron...

JORGE LUIS BORGES

¿Qué otra cosa es el crecimiento
si no aprender a aceptar con bonhomía
las frustraciones y a gozar todo
lo que se pueda de las pequeñas bendiciones?

Silvia Solomonoff

Sigo creyendo en el hombre, como sigo creyendo en la naturaleza, cuando, en el más árido desierto, veo abrirse una flor.

PHIL BOSMANS

Saber envejecer es obra maestra de la inteligencia y uno de los capítulos más difíciles del gran arte de vivir.

HENRI-FRÉDÉRIC AMIEL

Nos calienta el fuego, no el humo.
Nos transporta un barco, no la estela que deja en el mar. Del mismo modo, lo que somos hay que buscarlo en las profundidades invisibles de nuestro ser, no en el reflejo exterior de nuestro obrar. Nuestra realidad íntima hemos de encontrarla en el alma, principio de todos nuestros actos.

THOMAS MERTON

Defender la alegría como una trinchera
defenderla del caos y de las pesadillas
de la ajada miseria y de los miserables
de las ausencias breves y definitivas

defender la alegría como un atributo
defenderla del pasmo y de las anestesias
de los pocos neutrales y los muchos neutrones
de los graves diagnósticos y de las escopetas

defender la alegría como un estandarte
defenderla del rayo y la melancolía
de los males endémicos y de los académicos
del rufián caballero y del oportunista

defender la alegría como una certidumbre
defenderla a pesar de dios y de la muerte
de los parcos suicidas y de los homicidas
y del dolor de estar absurdamente alegres

defender la alegría como algo inevitable
defenderla del mar y las lágrimas tibias
de las buenas costumbres y de los apellidos
del azar y también también de la alegría.

MARIO BENEDETTI

Nuestro ideal no llega a las estrellas,
es sereno, sencillo;
quisiéramos hacer miel, como abejas,
o tener dulce voz o fuerte grito,
o fácil caminar sobre las hierbas...

FEDERICO GARCÍA LORCA

Donde hay alegría, hay creación.
Cuanto más rica es la creación,
más profunda es la alegría.

HENRI BERGSON

¡Inteligencia, dame
el nombre exacto, y tuyo
y suyo, y mío, de las cosas!

Juan Ramón Jiménez

Piensa lo mejor, afirma lo mejor, cree
en lo mejor, imagina lo mejor, ruega
por lo mejor, y tenderás a lograr
lo mejor para ti. Esta es la mayor
garantía de felicidad.

NORMAN VINCENT PEALE

La salud es la más alta posesión.
El contento es el mayor tesoro.
Un amigo de confianza es el mejor pariente.

El Dhammapada

Las preocupaciones acaban por comerse unas a otras y, al cabo de diez años, se da uno cuenta de que se sigue viviendo.

JEAN ANOUILH

Creo en mi corazón, el que yo exprimo para teñir el lienzo de la vida...

GABRIELA MISTRAL

Las personas felices disfrutan de lo fundamental. Saborean el momento, contentos de estar vivos. Gozan de su trabajo, de sus familias, de las cosas buenas a su alrededor. Se adaptan, pueden ajustarse a los cambios de su era y aceptan el desafío de la vida. Están conscientes de lo que los rodea, son compasivos y solidarios. Tienen capacidad de amar.

JACK CANFIELD

Vamos, démonos un tiempo para las tonterías
y hasta en los momentos de melancolía,
tomémonos unas horas para el placer.

San Buenaventura

Todos los animales, salvo el hombre, saben que lo primordial de la vida es disfrutarla.

SAMUEL BUTLER

Busca tiempo para estar contigo.

JOHANN WOLFGANG VON GOETHE

Algunos son felices en la acción
otros en la serenidad y la quietud,
aquellos la llaman placer,
éstos la llaman plenitud.

ALEXANDER POPE

Si la vida tiene algún sentido, sin duda éste es hacer realidad nuestros sueños, es servir, es buscar la felicidad, dejar en libertad la música que reside en nosotros, tocar esa música y compartirla con los demás.
Tenemos la responsabilidad de escuchar y seguir el canto de la sirena que resuena en nuestras almas, ¿cómo si no, habremos de conectarnos con nuestra esencia, con la fuente de nuestro llamado?

LANCE SECRETAN

Amas más al mundo cuando te amas
a ti más que a nadie.
Le llevas al mundo más alegría cuanta
más alegría te brindes.
No podrás cuidar de nadie si no cuidas
de ti mismo.
Dirígete hacia la felicidad y el mundo
te seguirá hasta allí.

ANDREW WILCOX

Diana Lerner es el seudónimo del equipo editorial de V&R, compuesto por profesionales del mundo del libro que, bajo la dirección de Lidia María Riba, han hecho la investigación literaria necesaria para compilar, elegir y editar las frases motivadoras que conforman este volumen.